意象跟你去遨遊

周慶華——著

【序】

意象是詩藝，你是游牧的軌跡，遨遊是生命深層的本質，合起來「詩藝跟著游牧的軌跡去穿透生命深層的本質」，就是這本《意象跟你去遨遊》詩集寫作及命名的旨意所在。

生命的存在受制於時間流，不斷地遷徙和嘗受困析，以至轉而嚮往遨遊於曠古來今就成了唯一能夠自我昇華的憑藉。因此，帶著意象，成就一段游牧的軌跡，不啻就是世間最顯風華的一件事。而這在我來說，早已體認自己是天地間的一縷遊魂，能夠有此雅興，庶幾也不負平生了。

整本詩集，仍是計畫性的寫作，卷一「出發」是關於臺灣南部八八水災後變貌的逡巡感懷；卷二「小張望」是對最高聳奇異植被的凌空看顧；卷三「另一處風景」是返回地表所覷見星球的脈動；卷四「輕的回首」是給十一棵帶妖氛的榕樹跟主人和諧相處的迴環籲請；卷五「今誤擲」是為了跨域超拔墮落都市水泥叢林的生靈；卷六「海象」是躑躅悲憫被戰亂爭奪玷污的水域；卷七「聳出歷史圖表」是平視禮讚暫時高格的山陵；卷八「第三類猩猩」是俯瞰殊異人士的演出；卷九「畸零情」是越界透視同類卻無法正常的來由；卷十「冥想跨界」是飛躍察看兩界的互動情形；卷十一「新荒蕪」是有關世界隳壞的總結報告；卷十二「家在煙雨迷濛中」是找不到歸宿的最後悵嘆！現實和虛擬交錯，讓游牧的軌跡因此得以極大化。

在同為旅人系列的前一本詩集《游牧路線——東海岸愛戀赤字的旅行》序末，提到「幾年前，出版影像詩集《又見東北季風》，開闢了一個『旅人系列』的新書系，現在這一本一樣放在同個書系，以見前後一貫紀遊的性質。只不過前一本所寫的臺灣東北角，多為緬懷家鄉事物；而這一本所寫的臺灣東半邊且興感全在一己的私情上，彼此根觸不同，也無法以什麼『旨意相連』自我定位。然而，兩本都緣於「旅遊」所一併感懷卻是一致的。只要生命存在，這種旅遊還是會繼續下去；希望下個階段可以有另一種心情」，就是這本詩集所要持續呈現的。游牧的軌跡蔓延在有人無人或有物無物的國度，似乎已盡得馳騁詩藝的快悅，生命和意象都可以了無遺憾！

回到書寫當下，為這本我告別教書生涯完成的詩集再略誌一番。其實，不只集中兩百多首作品，我還有好幾首夤緣際會所撰寫的詩作。因為是「夤緣際會」，所以有必要把它們帶入並為那些緣由作些交代。

首先是我在語教所最後一次開課「詩歌寫作專題」，同樣比照先前的作法，除了出題給修課的夥伴習作，我自己也現場構設了一些。如為夥伴送的一輛越南的三輪車模型和我自己預備的一瓶枯枝等分別寫的：

風在奔跑

路從一輛三輪車的前方倉皇的消失了

酒瓶裏的枯枝

它們喝光了瓶子裡的紅酒後
都脫光衣服在享受颱風清掃過的天空

還有因應不同教材而強敘的（當時現場有講義、實物和照片等）：

轉不停的陀螺

趁著天邊微光
我要溜出去看一顆膨脹的月亮
被失眠的風給灌醉了
它扶著雲朵斜睨發青的穹蒼
星星決定提早隱遁
把太陽叫醒抖擻出來換班
昨天喊啞喉嚨的鳥放了第一聲
我得開始瘋狂旋轉
像夸父一樣不停的追趕跑在前面的那跟線

一隻猩猩的旅程

找到香蕉就該掩嘴偷笑
藏它的人太過小看我們猩猩
不信你把肚臍翻過來看看
我會在夏天用燠熱刺魚
冬天過河以眼神協助竹竿測量水深
還曾經跟同伴吞吐花香
夢見抽菸
煙霧在你虛幻的指縫間黏甜
回到叢林時
撿到一枚夕陽紅冬冬的
掉落彩霞滿天
忘了我的心曾經握過一顆木瓜
那是我的晚餐

故事還沒有完結
明天我會出去找攝影師要照片
寫我的傳記
不必記得這裏有空白
現在要怪上面那邊出路太短

至聖鮮師

點心擺滿桌
1號去編教材　2號上臺講課
3號批改作業　4號應付家長
5號奉承校長　6號留意督學
我吃完點心翹腳看報紙
記得拿來薪水

書在我心口跳躍

已經五十二本了
裝幀都寫入銀色小調裏
有蝴蝶在飛

唱不好歌用書代替
文字跳躍的時候像旋律跑出來
很自戀
代價是一碗橙色的西風
兩個人沉浸在裏面

他們想靠遙遠對話有聲音衝上天
隔著一條詞句河流躺平了

喚它出來閱讀
成排的竹林都很陶醉
自我創作夢過隱

此外，為了區別學派和文化類型，又有以組詩方式擬議的：

學派流動

書房裡的秘密（前現代／悲壯）

構思一本跑掉結局的小說天空放晴了

參加徵文（現代／滑稽）

構思一本跑掉結局的小說天空放晴了

情人的痛苦指數（後現代／諧擬）

構思一本跑掉結局的小說天空放晴了

文化精靈

想茶（創造觀型文化）

一條線垂在杯外勾住熱騰騰的濃香
有女人從雲霧中走來

吃茶（氣化觀型文化）

冷掉的茶包
記載著我不能回沖的痛苦

睡茶（緣起觀型文化）

管它是冷是熱
杯子都可以睡到天亮

當然，該有的賀詩及童詩童謠也不能缺席：

二分地的愛情收成
——祝賀慶昌春霞新婚

故事自一欉芭仔樹開始
伊給我刻真濟陀螺置土腳轉仔轉
民俗遊藝的趣味還擱恬教室升高溫度
個就會結婚了

一個緣投一個賢淑
換我做詩來參加個的婚PA
心情嘛是啊有陀螺置轉的輕鬆甲快樂

進前大家有去好樂迪練過歌
新娘先唱家後甲月亮代表我的心
阮希望今夜伊和新郎要合歌雙人枕頭
天頂的星攏會來祝福
個是真呼人羨慕的一對

時間擱帶倒轉
十外年前就甲春霞識使
倫理學課兒童文學課攏有伊的形影
伊嘛比別人卡打拚先找到教書的頭路
現在伊擱轉來語教所努力作研究

大家逗陣攏有伊的笑容呼咱加添溫暖甲福氣
如今又擱遇到真正相愛的慶昌
這段日子就甘那開花的春天香甲藏未條

實在講這款感覺沒地找
只好借今晚全光的燈火為個兩人畫一個大大的圓圈
祝個的婚姻永永遠遠美滿幸福

在你懷中

如果你有一個乳頭
我就可以用微笑吸吮
如果你有第二度的青春
我就可以用慢慢長大回報你
現在你只對著鏡頭數節拍

我快速的童年要哭了

小熊與鴨子

你呱呱呱，我們也呱呱呱，
池塘有許多西瓜，
陸上來了幾個傻瓜看著瓜滾瓜。

你呱呱呱，我們也呱呱呱，
天上藏著一朵花，
風把雲吹去閒時就應該花疊花。

你呱呱呱，我們也呱呱呱，
腳游泳眼神亂抓，
遇到麻煩統統上岸一起抓又抓。

其次是隨著語教所停招而把名額轉給華語系的「畢業旅行」，到了澎湖站，舉辦境外的語文教師增能工作坊，由於有感於語教所畢業夥伴的全力參與和盛情招待，而草了一首長詩回報他們：

澎湖行

攤開被海包圍也跌宕海的澎湖地圖
我的心開始神遊東北季風最後溫存的國度
像一隻候鳥找到了希望偏離航線的飛行

島嶼散布在詩人裁剪的詞句裏我遇見
羅列驚奇還給藝術家他要雕琢一份純樸
七美人笑了讓渡望夫石將軍挾去鎮守南方
仙人腳印踩過雙心石滬決定在天臺山逗留望安

返北記得用鼻子偷窺一雙溫馴的井虎
把桶盤整座玄武岩柱端走進入夢境孵化
偕海底大小噴湧的傳說來風櫃聽濤

隨著馬公飛航的廣播響起
敲醒我即將啟動一趟陌生又熟悉的旅程
天后宮施公祠觀音亭不曾停歇的歷史
揚達已經包辦寫在書裏透著薰香
忘了圖籍的海田石滬篤行十村
孟嫻嘉璇導覽後就會從繪本中活跳出來
許願後慧萍驅遣量詞的流通彩虹耽戀識字的風華
還有一起粧點熱情菊島的瑞蓉瑞昌馬校長
都進駐今年歲末最新的欣喜
六個鄉市先行流連我給出了滿檔存好的篇名

然後想看蔚藍天空溢水的前情跟著機身翩然降落
那是澎湖姊妹花幾年來催我踐行的約定
如今風把它舞動得像一羣頑皮小孩正在練就通身絕藝
颼走幾片燦美又來虎嘯的威嚇
它要我記得腳下的土地也有芳草鮮妍
也許不該管到遠處的礁嶼和眼前的白沙是否准過靈魂帶著焦慮去飄泊
踅過一圈後就得閒嫌的放棄來時連名浮動的懸念
當雨天的島民勝似許久未曾進城的仙真

最終回神從工作坊結識了另一羣夥伴
我們搏了一塊心靈版面
將語文創意織進釀造產出不許逃逸的新話題
那裏面有施琅暫停攻打鄭氏政權待在原地經營觀光產業
七矮人浪跡天涯找到了新白雪公主一共有七個美人
觀音菩薩聯手四海龍王給各地乾旱送去甘霖

等到旅遊季來臨就請仙人掌節上場
允諾土豆天人菊花卉藝術在關鍵時刻捧出聽任品嚐
順便把貝殼咾咕石玄武岩的夢帶回去安全溫習

一場舊誼新醅的餐會還在升溫
伴隨語教所的畢業旅行我要帶走它讓時間加入濃度
回看來時一身輕盈歸返多了幾重懷念

再次是學校為退休人員舉辦的歡送茶會，預先要當事人寫幾句話回饋，我就把當時臨退的心情和對未來的展望等，以對我自己說話的方式用一首詩代替：

歷史跟你告別

坐久等待渾然的驚奇從東海岸升起
它的輝光經常伴著季風送來一對迷濛的眼

然後夢中有彩染護貝的故事邀你進駐
時間開始加入快捷波長的摺痕

老鐵馬踩響大地的呼吸十六年了
心在山海的間隔裏還沒有完成一次閒閒的趑趄
結束黌舍生涯的話語就想跟你道別離
每一聲都希望爬出歷史的重量
看著你從那裏遁逃

喜歡吟哦在清空的廊道
遇見仲春苦楝紫色的花舞輕飛向天
再去滿滿接收夏日成排菩提強撓疾翻的梵海
那時背影准許你放聲讚嘆狹仄裏奔逸的雲

獨來膠著風光喧嘩過後還要獨往

你指隙結的繭已經堆出一座文字山
給別人攀爬也給自己凌空躑躅
睡著醒來黏稠的苦詣仍在
走往戶外白晝剩餘有滿天的繁星
統統裝成一袋記憶

如今乍然回眸渥著
歲月的年輪正在計算往後佻蕩的日子
允諾你書寫另一頁陶然的傳奇
騰出這裏的嚴謹給來人

最後是禁不起語教所夥伴們一再醞釀要為我辦一場歡送會，而趁一本紀念文集出版機會，在網頁「所長的話」中留下一段〈紀念文集出版誌略〉「籌畫一年多的《告別歷史——一個獨特語文教育研究所的結束》，已經出版了，感謝學界同道、語教所夥伴們惠賜大作，共襄盛舉。這是語教所最後一次發聲，爾後大家只能回憶它或懷念它；而在語教所結束前夕出版這本紀念文集，也等於為它辦了一場回顧兼送別活動，不再另外邀集大家相聚談議。我個人雖然仍有許多事不放心，似乎還要留著善後，但眼前已無去路，不能再為一個即將不存在的語教所做什麼，只好跟它同退，告別歷史，也告別三十幾年的教書生涯。在文集的前言和編後記，分別記敘了這段因緣和我臨退的心情；或許還不夠回應大家的關心，但真的我已沒得選擇了」，不意夥伴依錚已在匯集的贈言書，卻邀我再盡點力，給它幾首短詩當刊頭，因此就有了這一點餘絮：

春

風想把苦楝花別在天空的胸膛
地上的情人喃喃地催促它們下來

夏

苦行僧忘了季節正要鑄火為雪

一聲蟬叫吉光成片從樹葉的縫隙篩落
有過客銜著驚訝酩酊而去

秋

輕瑩的月華冉冉的浮出海面
它在呼喚一次逾期的盟約
繼續漫長的等待前面是無人的蕭颯地

冬

挪出盆花給它享受午後的暖陽
歷史記得這一刻寒霜要解放

詩到了尾端，已經跟內文相去甚遠，既無所謂「相互呼應」，也無所謂「補苴罅漏」，就純是詩情告一段落的附誌。剩餘情節還在十二卷詩作裏迴盪，我的旅人生涯從今天起將會有新的轉進。

周慶華　於二〇一二年仲夏

目次

卷一

出發

啟程

誰在呼喚
一陣劫後的風吹過
高出屋頂的河床
嗚嗚的響著

遠方布滿餘悸的藍天
雲見識了
正在翻湧那一段狂瀉的記憶
眼前的蒼鬱
阻擋不了回家的路

我們正要集結飄零的青蔥
強渡變色的山河

前方有雲天的缺口

走過削平的沙渚
還聽得到泥水滾動的聲音

它們轟隆奔出山谷
忘了帶走廣袤的戰場

從這裏開始蹀躞
抬頭瞧見雲天在前面引路
背後有解散令

乜斜上去
迢遙是最新的希望

半途夥亂

被切割的一條山脈
伸長它崚崚僅剩的雄姿
望向這邊

我們仳離的夥伴
再度相逢
敘述不完迭遭的滄桑

絕倒的
自己收拾骸骨

前進留給一路英挺的
前方有驚喜

後來聚首
給你蕪亂的安樂窩
艱辛我們帶走

有滾石

撞見嵯岈後
斥堠回報

山壁攔截了許多浮木
斗笠人在旁嗟嘆
礫石一起翻滾到他的腳前

惡水逍遙去了
亂離滿眼
歸途寫著急切兩個字

跨越過去
必要時我們也會像石頭一樣翻滾

傷悼

來到一處吃了土埋的校園
鐘聲還在悠悠的迴盪
籃板投球已經不必跳躍

被卸妝的樹枝
遠遠的站著在等待另一季的春訊
杳無人跡

左邊隆起的是一個逝去的夢
那兒有我們來不及參與的歡笑

往前走
頭頂天光正燦爛
逗留會掉淚

遇見空無

佇立眺望
同伴都在返家的路上
獨獨一輛車熄火忘了挺進
土石覆蓋在上面
它來不及哀號

那支被照亮的籃球架
守著一片蕩然
昔時的人影早隨魂魄遠去了
西向的風還在呼呼的吹著

我們仍是一撮青蔥
迤邐在歷劫的空間裏
聞不到腐朽和驚恐
只看見朗朗的艷陽探頭
裏面有新的花香漫布

我們回來了

蕨搶先一步
在毀棄的教室目睹奇蹟
孩童的筆跡訴說了
他們要保護不肯落幕的故事
那些斜躺的門板桌椅
還想奮力掙出泥堆呼吸
有苔蘚陪著

一個被洪水佔據過的舞臺
殘象正在改寫它的容顏
我們也驚見了
鏡頭後面你仔細聽有隱隱的哭泣聲

叢生歷史

災變保留的印記
遠看像一塊輝煌過的墓碑

穿過樹葉後發現
那是洗手臺還有嘩嘩的水聲
孩童不見了

呆在這裏的夥伴
決定叢圍給它生出一段歷史

邂逅

蹔過蠻荒
撿到一局邊地
巧遇了生機

它們紛紛繁茂
遮去半片天
彷彿沒有動盪經過
正中早已嚇得縮短的電線桿
只為著矗立

亂石還沒來崩雲
這不是家園

獨立管領風騷

大夥要爬坡
它高煥的擋在面前
像血染的黃昏
有一朵彩霞墜落
砸在我們怔怔的心湖

原來重建生命不必等待
腳程快就行了
那一堆綿密的石頭會幫忙說話

繞過去
路還在蜿蜒找家
風騷讓它獨攬
記性淺淺的
容易遺失

誰瀕死

尋覓一隻活命的螃蟹
在流失的河道
放掉牠叼念的影子
換來半截的枯樹

全埋半埋的房屋
見過主人去年莫名的喪亡
傾洩的泥沙還想掙扎
它的無辜寫在臉上

我們勉強可以擠出
你要的同情
在廣大一片荒蕪淒清中
忘記身世

遮眼

建築一夕間沖毀
遺骸跑來訴苦
它們排列著準備再度昂揚

背景那棟不倒的休息站
被冒出的花針穿刺
它矮了災難乘機長高

跋涉艱困
路藏在看不見的地方
喘息要付出代價

沒章法

河才找到新的航道
就有外來客捷足先登
一叢比一叢放肆
我們沒處落腳

房子沉進土裏
泛白的屋瓦還在失聲的呼救
水流輝映著它們
沒有援手

詢問誰的家園
殘破到被吞沒了遺跡
別過河去
那邊更加荒涼

你全倒

停下腳步
看一棟掏空的別墅傾斜

它移走的路
從鏡頭搖晃著過去
斑駁皴滿臉龐

驚嚇留給那隻孤獨的雉雞

災難已了快點倒下吧
別礙著我們趕路

尋找原來的河道

排成一列
也許有兩列
都痴望著峭壁和藍天

通往家園的道路破碎了
河遺棄它的流速
我們得到曬昏的悸動
沙洲會見證

那幾棵晃神的檳榔樹
還記著應聲倒地的同伴
它們在新河道浮沉過

蒼茫

這裏曾經驚天動地
一條河瞬間變成十條河

被沖走的生靈
都聚集到下游蒙受救渡
只有我們的歸程還在灰濛中

那棟錯置的休息站
宛如遭至拋擲的玩具
哀怨全在鏡頭裏

凸出的枯枝慢點眩惑
我們已經撥開迷霧找到返家的路

又錯愕了

彎過一段險峻
迎來的是整排的玄奇
屋在路沒了

漂流木堆在失禁的坡地
零亂讓它們渾然忘掉了懸念

家園還要多少轉折
才能盼來真正的晴空
這回遲疑定了
盡處河別再嗚咽

賭一把

當獨支青翠爬上崗後
柔腸寸斷的道路就會自動閃避
集體遺忘山洪爆發的慘痛
還有被埋生靈的哭喊

陪你攀爬上去
站到更多亮光照耀的土地
歸還從災變中掙來生存的空隙

夥伴們奮力向前
命運批准我們跟它簽賭
贏了見到家鄉
失敗不許

不是終點

無法想像
兜了一圈家卻近在咫尺

全都毀壞了
僅存的遺跡暴露在那裏
空氣中飄盪著無言的苦難
一一迴向擴編的河岸

重生的心
記得在絕望後燃起
上天會憐憫

卷二 小張望

冬天的怨願

樹給冬天包裝
嫌隙會從心中滋長出來
遇到一屋子的喧嘩
等你許願
層層青翠的
還來明年的冬天

爛然一個春季

鋪天蓋地過後
還是一樣的鋪天蓋地
兩棵苦楝樹從校園的角落偷發
細碎小花藏著紫色的夢
遠遠地躲開風
在邊陲雄壯
仰望它耳朵很吃力
久久才遇見一聲唏嗦

尖夏

心跟車在攀爬
霧鹿疊著利稻穿過向陽
霜白的針葉林都從斜空來迎接
抬頭有兩支枯乾突然昂揚
凸出灰濛的氤氳
想問天
活著已經失去溫度
還要硬撐一盞寂寞的炎夏
回你今年退的流行
清涼剛剛被解聘

恨秋天太遠

從南洋飛奔過來時
杉就英挺過了
看著大葉欖仁滿地飄紅
菩提樹全家在浮動

總計寒冬太近
如今蒼鬱依舊戀棧著夏天的容貌
裏面還有仲夏的微光
卻跑掉秋的蕭颯

奇了

站上去
頂著陽光颺出千年的風景
讚嘆因為有神木
牢牢抓住地
別鬆手歷史會黯淡

看東邊

一排椰林涮過風
呼嘯出藍厚悶燉的海洋
它的波動有夢沉沉的
山脈在奔跑
煞住殘了無數的岬角
回頭驚嚇到藍天
挺你剛涮過風的椰林

西岸正在金黃

歲末糾結的冷峻
從一棵雨豆樹飄灑下來
昭和太子看不住行宮
還在暈著糖香
咾咕石催促想起離人的眼淚
等到全場金黃的雨
豆隱入飛花
孤寂寫進百年的滄桑

存北

淡水河仗著觀音的氣勢
綿延流蕩在汪洋中
晃漾活了紅毛城上幾株翠柏
來不及見證遠杳的砲火
只緣緣地廝守
過境的風

向南協尋

站上墾丁
熱帶雨林執著要滿滿的覆蓋
鳥鳴聲淡出去了
世紀初穿過
找到惶恐

飛渡

東西南北奇了臺灣
樹開始記憶它的夥伴
在異國的蹀躞裏

災變後

南亞大海嘯吞滅一座城
教美拉波讓渡殘破的教堂
最後一棵斜長的榕樹虬勁在蒼茫的暮色裏
孤傲寫滿了全身
它要睥睨已經藏去的災難
警戒你再來

檜木

伸長脖子穿過雲海
阿里山就自由了
你保守它的歲月遇見山霧的更迭
熱的是裏面浮出的溫度
熙攘來往的仙人羣中有落單客

花旗松

跨海找到北美西部拓荒的一株冷豔
它直直的站立像山
從出生到死亡博得一篇綠色傳記
超級粉絲裏拴著鈴木大衛

櫟樹

燦燦的風
吹拂過大英帝國昔日辛辣的容顏
長高探測到的溫度降級了
你快樂它在複習落寞
望向哪一邊都有海
歐陸幾隻猛獸不肯睡著
西去新興的美帝得意洋洋
今夜要重新戰慄

菩提樹

般若因中偷偷藏了一粒菩提果
它渾圓的不沾帶灰塵
遠遠就看見有佛在打坐
兩千多年了還沒渡走一個無緣人
風來沙沙又颯颯
顫動的印度都要葉子期待
靜止的那一刻

尤加利樹

昨天無尾熊已經來巡禮過
牠想巴著那一棵不准有驚嚇掉落
袋鼠你等會裝滿澳大利亞後
天空篩下的金光我去接

猢猻木

猿人都走過沙漠文明去了
非洲只剩大小猢猻
跳上跳下樹不過一個夕陽高
猩猩抱著的那顆木瓜遺留給草地
牠眼底還在眩惑滿天的彩霞

桃花心木

天師驅魔的劍
突然栽出亞馬遜河的一片風景
他想不到那裏的雨和蛇都舞動了
土人塗黑的歷史忘記放光
節拍掉入魔的口
唁唁嘿嘿的跳著一條森莽

雪松

戰火還沒颺完怨恨
耶和華給的流離
結束後再加碼一場嫉妒的競賽
伊甸園內多了不相識的臉孔
只有它在極力站上黎巴嫩的山頭
仰望濛濛的天
自我完成一棵孤獨吃雪的松

卷三

另一處風景

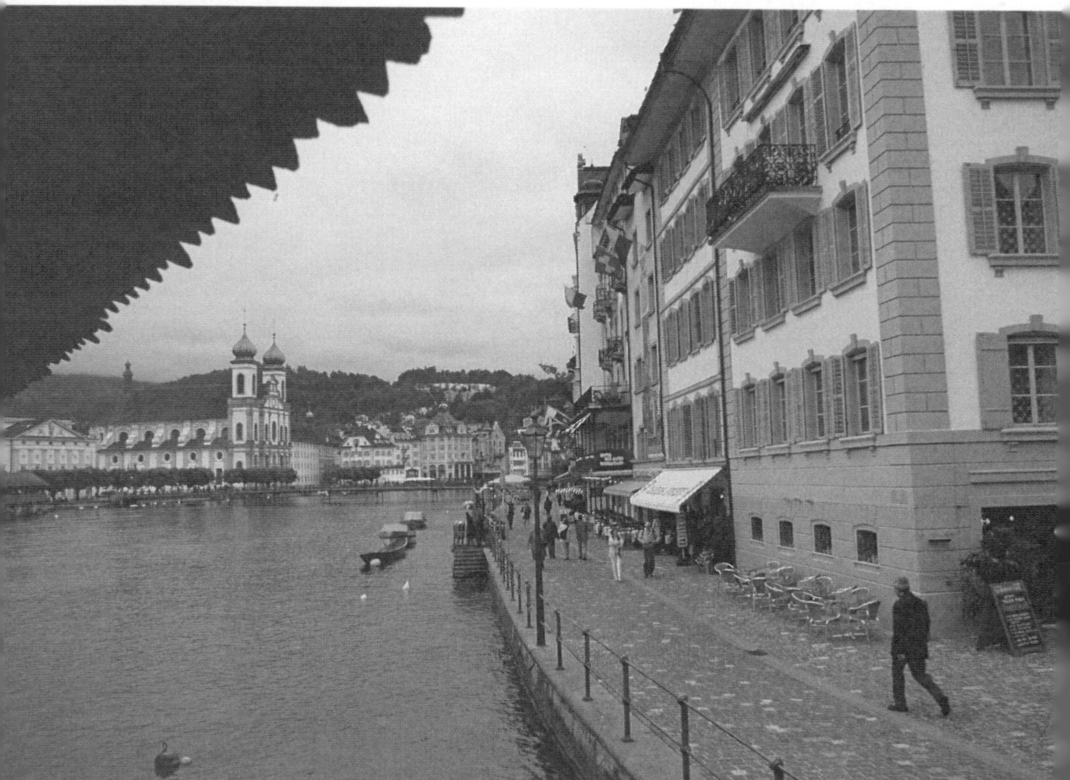

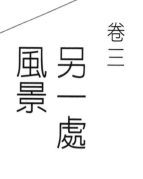

濁水溪

奔出山谷
小小疼痛就給了大海
陽光暖暖的
癱在地表

混濁卿走一段莫明的名
溪沒有翻騰
當年漫過橋墩只因為餘恨
前方擺開陣勢
惡狠狠的

米倉退還的榮光
還在福爾摩沙裏保溫
想起的時候
記得掬一瓢嚐嚐

長江

一匙水潑出
龜裂了大地綠浮浮的

鑿溝上有船槳
航向過去
看見檣櫓正要灰飛煙滅
幾張倉皇的臉孔
逆風逃了出來

遠處帆影還在迎接
一名飢餓千年的詩人
他的草堂霉了

三峽繼續被水築高
到海的日子很慌

瀾滄江

高聳有天塹
山間和雲結不了夥
飛鳥都逃竄了

瀾名來自深沉的呼喚
滄波像空降的海洋
江從屈伸中帶走億萬年的恨
炎黃子孫不在這裏投宿

喜瑪拉雅痴痴的
連接青康藏忘了地球的旋轉
南向為了尋找流動的家

黃河

青海青唱完
就要輪到你黃河黃
一條皮帶拴著二十幾個朝代
歷史瘦疼了
你還在盡情翻滾

最近的一次紅旗插遍
血染成山河
褪去的塵埃裏有空洞的迴聲

誰還想從出海口張望
殺戮和擁擠的人潮連袂到來
便宜了冷在一旁的劊子手
頭顱紛紛無端地的滾落
到了眼前會化作一縷縷的輕煙

密士斯比河

連藏名都比人家長一截
美利堅正在包裹它
霸氣從馬克吐溫就開始了

汽笛聲緩緩駛過
忙碌中有吆喝

策馬人剛剛帶著塵土離去
頑童手中張開一根菸草
連續哈出兩個世紀的煙圈
衝破北方的天空

流過今天煩悶炎熱的胸膛
遙遠的星球在等待

雅馬遜河

進入雨林
水蛭和黑寡婦找到牠們的天堂
殘存的地盤留給食人鱷

酋長拿起他的頭顱在祈禱
上空釁聚了一羣黑天使

機械文明進來
把魔幻趕走

一條河從榛莽中敞開
全身赤裸裸的
得不到天佑
心都一起薰焦了

泰晤士河

隔著英吉利海峽失望
黑暗大陸在遙遠的地方岑寂
東向活了雅利安人
他們永遠不會退出轟炸一座孤島

你流經綠茵長地
像一支劍泛出森冷的光芒
背面刻著殖民的歷史

工業革命啟動的那一天
日曆就開始傲嘯
遠征的隊伍裏有帝國噴出的彩虹
殘忍藏進皮靴底下
它踩出了一條河幽幽的嗚咽

萊因河

從來就沒有想過給上帝一個原因
祂造的子民始終在鬥爭機率
別人死了換到自己生存的潔淨

河啊河
你翻不動一張抵抗的血淚扉頁
怨氣早就越出堤岸氾濫
美景卻依然如畫

如今詩人的歌頌還停在虛空
贖罪就悠悠蕩蕩的走了
雲會記載它最新的逃逸路線

康河

再別康橋
說的是一條河劫掠詩人的故事

樹在兩旁古色古香
中世紀把房子隱身了
旅人還沒有沉吟

天空湛藍一隻鳥輕盈的飛過

踱步會驚嚇到風
陽光軟軟的
回程記得賒一床青荇的呢喃

塞納河

巴黎是一席流動的饗宴
小說家如是說
他的名字嵌著河淡淡的倒影

來過的人都喝醉了鐵塔
從羅浮宮踅一趟去填飽藝術
看聖母醫院的塔尖還想掙出穹蒼
然後遺忘了你

你穿梭都市的胸膛
撿起浮浮的響聲到海裏安放
四周少了喝采
另外輸給多瑙河一闋藍色的樂曲

幼發拉底河

挾著巴比倫的古文明
跟流沙一起瀉下
浩浩蕩蕩的開出一小方天空
透光微微的

幾千年的戰爭在這裡醱酵
火花遠遠射進哭牆
倉皇的臉從淚眼中奔跑過去
煙幕帶著藍染的悽愴
舉起旗不知道向誰投降

河依然重重的流淌
前面沒有你要的濃霧
給它輕許一段不必曲折的臆想

尼羅河

暴怒在一場黃沙滾滾中沉澱
洗滌了眾神的容顏
准許青蛙都爬上陸地撒野

金字塔還要穿透黃昏
尋覓失散的靈
飛船會從日出飄到日落又回返日出
只為了忘記乘載剛剛卸妝的埃及豔后

它孕育的是一支灰濛的民族
象形文塗滿泥板
兇猛的季節裏有全新的氾濫

底比里斯河

雙雙發了
一條河抵上數千年的歷史

記憶寄在蒼老過的心靈
他們要歌唱
潺湲不是變調

回來踴躍吧
那裏才是晶瑩到底的英姿
已經從天際流出去的
還缺少洋溢

旁邊閒躺太久的夥伴
傲嘯一聲
魂會突然驚醒

恆河

涮洗過亞利安人的體味
又來了一羣瑜伽行者
他們都在丈量輪迴的縣長

飲的不是甘露
黃濁酷似來世黏黏的預言
浸泡後就會解消

輕濯只要一隻腳
跨了地獄立刻從遠地敞開
等你僅須幾陣滴答

它滾沸著前去
時空相約一起停止流動

湄公河

叢林戰以這裏為起點
深入敵人在蠻荒裏

誰放的哨很燠熱
波光冷卻不了槍尖上的汗珠
窺伺從此寫成一個儀式
寂靜走丟戰場

倭寇來踐踏過了
山姆大叔也把狂轟當便餐
它依然默默地蜿蜒著

短製的雨林內偷藏一支蕭
吹奏會駭怕刮中鳥飛

愛河

港都給行船人的禮物
一條有味道的河
愛還在上面逍遙的時候
遠走就編好了故事
如今告別總有燈火相伴
汽笛聲少了掩蓋

趕快去數踱步的節奏
山盟海誓就要打烊

卷四

輕的回首

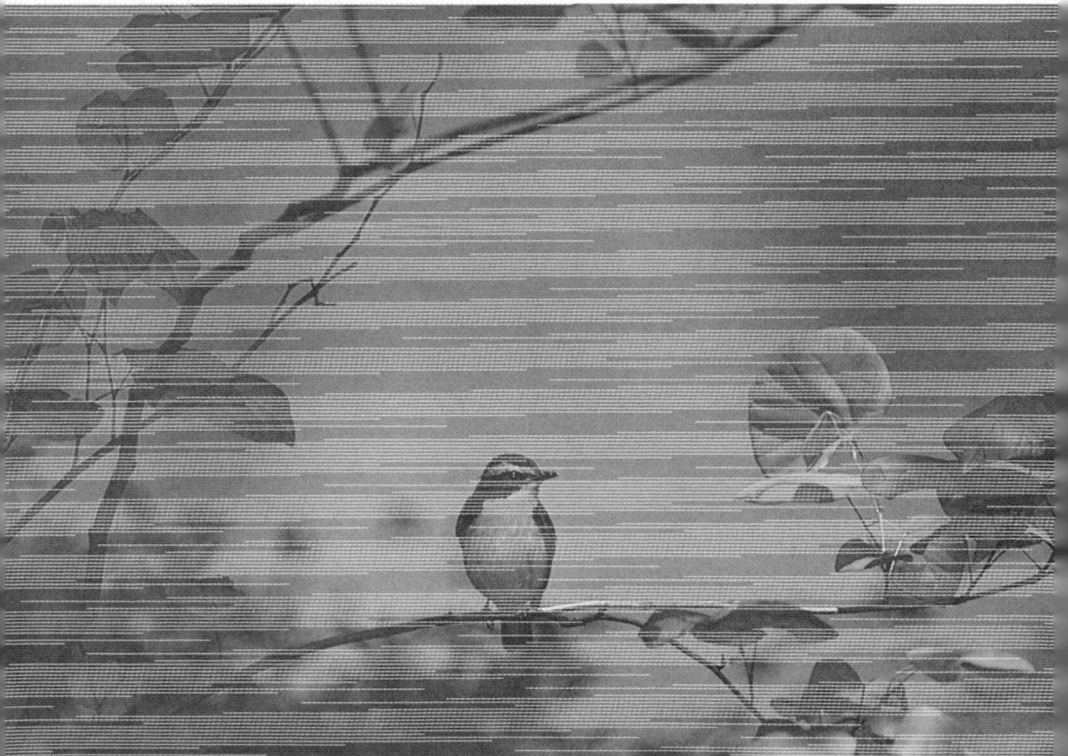

來復

仰望一叢綠油油的傳說
從天際飄然降臨彌勒呼出的彤彩
先遣兩個後容顏有最好的配方

鎮

四面八方的風踱步來了
啣走吐納留連久久的紛擾
剩餘裏有新的扮妝
守住靠你們一張虯結的張力

驅除閒雜

開門看到朗朗的笑靨
陽光多一點甜意
我們要搬動宇宙曾經的洪荒
依附的清醒來歸順
混沌時記得離去

擋住一片流動

浮浮的言語會拴住
最初的允諾
逃走百合於山野聯袂一季的奔放
重返無心的場域
眼聽見了
新悸停在晌午遇到的灰色騰躍裏

運看住

飛鳥給的啁啾
溫溫的把它捕捉裝袋
蛺蝶蹁躚了過去
升起圖畫讓影子滿滿的塗遍
俯瞰眾神綿綿脫落的綠意
托著盤中有喃喃的微光

拚勢

朝霞孵過的一天
載滿來往清唱的喧闐
等你們搖曳
隔鄰衝撞日夜的車潮還在狂喊
捲起千層的翠綠後
教春風回送煲燙的消息
裏外都有潺潺的壓力
勇氣要翻轉出來

力

轉動星球後
正邪跳躍在一瞬間找到水乳的融洽
髭鬚都想見證
那不長不短的歷史裏鬆弛的故事
再來紐結
姿采爬上了重生的歡悅
透視沉甸甸的

追加懷想

探進窗戶
允許你們撫摸近距離的誠意
煩惱還寫在風口來自密織的網
給個標緻的承諾
將它們包裹寄達海上
隨著波濤沉沒

讓出聲

覆蓋從形上裏逃逸
意念蒐尋到了透天的入處
讓精神游牧
我們的日子會遇見形下的解放
年年補你們蒼蒼的閒情

現蹤

躲在暗處的都還原站出來
自己挺拔後任務選你們當英雄
列隊抵擋偷襲的利箭
迎面貼給你們的就是閃閃的金光

歸到最初

黃葉萎地為了召喚春天的新生
鴻福齊天的路上已經暗藏些許的坑坎
仁德施處心最知道一派風輕

卷五

今誤擲

北京

搬不動雄視草原的都城
遷進來後就成了霸業

冷峻的風沙颳過
望不到北國的衰草斜陽
鞑韃的馬蹄聲響徹了

晚近江山插遍紅旗
南渡逃竄的都忘記了歸途

舊金山

華工輪番前去輸誠慢了
只換來一座金山的名
白人狠心關門前它應該都是新的

跨海大橋在預言中被震斷成兩截
怒濤掀開的污垢很驚炫

唐人街努力要改寫別人的歷史
等到一場灰濛的霧罩著
後世子孫從這裏看見對方的未來

東京

都是京
東移後附庸變成大國
遙望靠一片鐵騎
横掃被矮化的恥辱

倭名凍結了
資訊網路從四面八方圍堵
經濟奇蹟在笑談中

地震晃著過去
惹火了近在眼前的海嘯
輪番偷襲
一隻蜻蜓的領空

里約熱內盧

希望它不是熟悉的城市
南太平洋還得藉它去漂移
活膩了想像

足球的天堂內
存放著幾枚黑天使
瘋狂的在駕駛另一邊的地球
風裏有星星乾扁的味道

跨洲擄獲的
早就包裹成一汪洋的熱情
來回都要寄出

多倫多

用腳眺望極地
一樣的冰雪踏著有竄底的寒冷

春來空氣中飄著稀疏的花香
多了忘記歡笑的人影
夾雜進移民潮終止的行程裏
喁盼都寫入北國的晴空

南向有山姆大叔在燃燒地球
保不住明天就會蔓延過來

紐約

自從撒旦攫走雙子星後
白天使都改行漂黑
祂們知道報復是變換身分的唯一藉口
上帝決定乘坐別的星球逃離

那裏還聚集著倉皇的有色人種
討口飯吃後兼搶劫榮耀

取出自由憲章
上面藏匿一道追緝令

凡是沒在境內輸誠的統統驅逐
財物不可以帶走

約翰尼斯堡

直上草原遇見
一輪落日紅冬冬的低垂
白人隱身了黑人出來拚經濟
他們進駐路口賣家當
車流中沒有人招手
往南桌山平擺訕訕的
好望角代它見證三個世紀的逝去

倫敦

工業革命從燃煤中升起旗幟
戰艦幫它轟開別人鎖國的大門
盎格魯撒克遜遍布半個世界

一條煙囪伸入空中
它在狂吸地表的靈氣
化作飄浮的迷霧
漫過海峽和大洋包著星球
大家都在喘息

那一年被德意志剷平的記憶
萎縮的島國已經留不住
只剩不死的語言美利堅替它撐著

斯德哥爾摩

極光從大地的耳朵垂下來
祂聽到了寒冷的顏色
方舟要開航
閒雜人等一起讓路
前去有荒寂多雪的系譜在等待
呼喊可以減輕重量

波昂

三十年風雲
換得一雙長靴
踏破南北布滿的早霜
然後是鐵騎穿梭

砲轟不一樣的次等民族
看透他們的歷史

問我仍舊是純種雅利安的後裔
姑息正在創造另一座城市

別了鈍重的效率
兩次戰爭它都跌倒再站起來

維也納

音樂飼養它
歷經數百年的輝煌
一夕間零晉身

落後國來的留學生
免費給你一個掛失的尊嚴
回去記得要賣弄

維新無緣佔據古典的門庭
也罷世上儘多不守時的藝術
納采沒有希望

巴黎

遠遠就聽見
艾菲爾鐵塔矗立的雄姿
一個蓋世的地標

西望諾曼地的英魂已經遠杳了
馬其諾防線還在嚶嚶的哭泣

現在觀光客只貪婪的品嚐
你一席跨世代的流動的饗宴
忘了明天的戰爭
還有街頭零星的暴動

巴塞隆納

大西洋讓風把深邃神秘的夢叫醒
舞進拉丁歌藝的熱情裏
它要繼續守護這一不太古老的城市

鬥牛士你拿走上帝手中的借條觀眾看見了

那邊木桌上的踢踏響慢點慶祝
依莎貝拉還是腳邊的足球
兩樣都想書寫一頁傳奇回應大西洋神秘人沉沉的夢

羅馬

自從大衛戰勝哥利亞贏得一座雕像後
武士們只能走入競技場跟野獸格鬥
凱薩歸返天國了
大軍還在喁喁的盼望
命運劃分好兩個陣營就各奔西東去找新的主人
如今只剩一小城在對迷途的羔羊發號施令

弗羅倫斯

詩人一曲翡冷翠的夜
勾起非戰爭的無限的嚮往

教堂寫著米開朗基羅的名字
它的壁畫剛被達文西的蒙娜麗莎嘲笑
在那裏地獄人還得忍受天堂審判的折磨
倒過來看見撒旦猙猙的臉

躑躅詩人的夢境
忘了外面的世界沒有含苞待放的花

阿姆斯特丹

幾縷鬱金香的遊魂
正穿過一片無障礙的藍天
它們享受到了神的禮讚
那邊填出去的海掩蓋不了遠征船隊的魯莽
曾經想要搶奪日不落帝國的榮銜
現在都蕭條嵌進牆上的圖畫
看著一隻螃蟹浮出海面準備遷往他方

莫斯科

雅利安人征服不了的城市
還兀自矗立在雪國紛飛的白羽中
它要鍛鑄出一隻抗寒的鳥

革命響起了十月的號角
自由的塵埃都被掃進歷史的坑洞裏

闖出一團紅色的血
向四邊蔓延像極開遍的玫瑰
沒有人歌頌它的新艷

雅典

一個士兵報信跑了數十公里
成就它長距離的名

二十幾個世紀過去了
士兵不死的靈出來召喚
跟隨它信仰可以越過全世界

頂上是湛藍沒有硝煙的天空
已經忘記木馬屠城的戰爭也在這裏誕生

新德里

仰首剛剛薰灰的穹蒼
餵不飽的腸道都自動跟著一起祈求
地球會轉向它遺忘的軌道

西風吹不進新大陸
飄浮的微粒就要落入上帝的莊園
覆蓋一個空洞的帝國

街道來往不知道忙碌的螞蟻雄兵
覓食過後臉上依然微笑

它想迎接幾千年不變的瑜伽
今生沒有文明多餘的寄望

胡志明市

法蘭西走了
社會主義打垮美帝
獲得一面錦旗
夜郎原來方便延伸到這裏自大
輸出越女和美食贏了讚譽
三輪車載你遊逛未來
有人聞不到迷迭香

臺北

橘黃藍綠飄揚的旗幟
把海峽的水看傻了
一旁斜睨的醒獅急著要來招安
炮聲隆隆藏在隔空的威嚇裏

總統府上方拉出一條彩帶飛向太平洋彼岸
得到三億人的歡呼

西進的口號已經喧嘩了許多年
還在夾帶資本主義的妙方

到處緊吃供給島嶼一半人去陶醉
忘了身邊的腥風血雨

卷六

海象

臺灣海峽

蝴蝶搧動的美姿飛渡不了
一條黑水溝布滿紅色的浪潮
從舢舨船到蒙霧的軍艦
有呼喊聲在驚嚇低飛啄食的鷗鳥
望著彼岸已經被另一種熱情滾燙了

渤海

匆忙的甲午一役
水軍被太陽旗易幟後
近代史就忘了歌頌秋海棠的版圖
旋即竄出一隻金母雞
血腥灑遍然後重新販賣拼裝的信譽
讓人造衛星艱難的升空
把窮困輸出繼續跟列強纏鬥

太平洋

大爆炸擠出的水
都在這裏悠閒的集結
俯瞰有藍色的睡夢

幾時一場聖嬰颳過地球哭了

殘雲被捲起
陸地撲向颶風有沉悶的噫語
一隻船要划去無人的國度

東海

計算過一條迤邐海岸的風景
守著偷渡就不會遠航

白令海峽

冰點線上有澹澹的煙霧響起
砲火停駐在不遠處
兩番人馬早就廝殺進歷史的沉霾
白佬棄甲投降了
抓著老鷹雙腳的一方順風高檔起來

北極

送走前次鐵達尼號的魔咒
勝利微笑得到了冰雪的封存
冷血的剩餘就留給外星來的訪客
他們鑿空洞卻又溜走

暖化把白皚皚的世界變成湛藍連星星都活躍了

東來西往的商隊還想試探
埋在深海裏的奇麗
跨世紀後這邊就不再寂寞
插上旗子有錢的國家紛紛跳下來搶投資

百慕達三角海域

雷達的觸角碰到了飛碟的基地
船隻和戰機都來輸誠
將它們改造幾番就准你神秘復出

大西洋

攤開地圖銜接光譜的兩端有一些佯裝的巨獸

南極

迷路的探險家回來多出一張緘默的臉
他們的語言被嚇著了
看到的景象不能吐掉有眼神等著狙殺你
沒有歸返的正在享受他們的屈服

英吉利海峽

上帝造人把紛擾種在最需要的地方
文藝復興配飾宗教改革
有一半的人湧入城市去贊助工業革命
最後用炮彈轟炸彼此

鬥累了取一條海底隧道暗通款曲
聯合防堵旁邊還有斜眼帝國

紅海

摩西的權杖才吼出一截通道
密布的戰雲就踴躍至今

死海

躺著看它浮出重量天空縮小了
鹹鹹的生命總是要等待一次裸身的蛻變
看誰的徘徊際遇撐得比較久
今天活過沉沉的輪迴會把無名的劫數帶走
縮小的天空吃進艷陽又徐徐的放大

裏海

視線繞著它頹廢了一圈
小駐片刻還是望不到地球的盡頭
有人斗膽要宣稱誇讚它的主權
只剩風在理睬

印度洋

一塊緊貼的遮羞布
被雅利安人佔領後又撕裂了一小片
偌大的海域喁望不了十幾億蒼生

寶萊塢挾著資訊新貴在跟世界嗆聲

再窮也不能少掉人手一支通話器
他們要通知上帝派彌賽亞來解救多餘的富裕
菩提樹下那一套禪坐早就失靈了

麻六甲海峽

商船載著財富准許你隨便穿梭
衝出盜匪航道有忙碌的亮光

劫一次消費一道資本主義的小菜
經驗零存整付後升級
歡迎派兵來突圍
不一樣的世界摻著一樣的活法

南海

島羣和羣島不必丈量距離
先佔的先贏去他的鐵則
勃發一次人間已經虛耗千年

卷七

聳出歷史圖表

喜瑪拉雅山

當它耐不住寂寞猛地像飛行般的爬升
紀錄上寫著無人窺盡的驚嘆
從此就在雲端單守另一個遼闊世界的淒冷

來了登山客摔倒又立起親上去
鞋痕都沾滿它遲鈍陡峭冰過的容顏
留下捧場的是那隻出岫的禿鷹

泰山

踩上頂巔的人已經小過天下了
歷代君王還在眺望一場封禪大典
他們都會被雲霧挾去
只有山上不再接受火供的眾神獨自發嗔
該歸還寧靜的就歸還

太行山

胡騎和煙塵一次又一次交纏
都撫不平它的隆起
間隔王朝在自我的征服血戰後

晉分三家燕人得到
秦扮狼虎併吞了天下
山到今天都沒有意願更名
仰首有太行橫空

富士山

為雪白頭須要它來偽裝不老
太陽的輻射才會跨過遼東
血染一個難以吞滅的恆久古國
遺恨寄在兩朵蕈狀雲中

安第斯山

只是小小的艦隊殺來
瑪雅的後裔就提早遁入雲山深處

斷背山

耶和華造物遺落的
被人類自己撿起來供奉
殘缺要彌補美感

兩個男子的故事在這裏偷跑
雲天有缺口
深夜的星星不敢旁睨
美感彌補後又悄悄溜走了

落磯山

白人到西部拓荒
華工幫他們血洗礦脈
鐵路蜿蜒的走出來

藍山

日不落國最後繪製的旗子
氤氳給它一抹靛藍
南十字星在上空呼喊
被放逐的囚犯已經有新的天堂

烏拉山

蒙古的輕騎止步
西去還有更多的冰雪阻路

幾百年的混血
終於可以爭奪半個世界
管誰在圍堵

風水輪流轉過
如今改用美色輸出天鵝絨般的革命

桌山

在寂寥的土地上聳起一張桌
還缺椅子
仙人不曾跨洋來對弈
樂了白毛猩猩圍著它吼叫
黑金剛退到一邊去

獅子山

拳王加持過的一座井
游牧民趕來牲畜賞它方圓三十里的荒蕪
新的通道給了撒哈拉沙漠的熱風

阿爾卑斯山

頂上晶瑩的積雪
被環遊世界八十天的熱汽球攫走了一坏
憾恨就遷延到世紀末

漫飄的雲忽然想起
那是眾神忘記惦念的地方
白色的背後還有白色

玉山

跳動的朝陽嚇死一位心臟病發的總督後
這裏就不斷有撼動山谷的歡呼聲

阿里山

姊妹潭糊出的情節
都不及高山青引來陸客的朝聖
回去後終身遺憾
只因為老邁的臉孔太早出場
記憶裏還有茶葉和芥末

太平山

綠地鋪滿
松針兀自的掉落
一條溪急急的奔出
巫師在主持噶瑪蘭的祭典
路過的人撿到童話

卷八

第三類猩猩

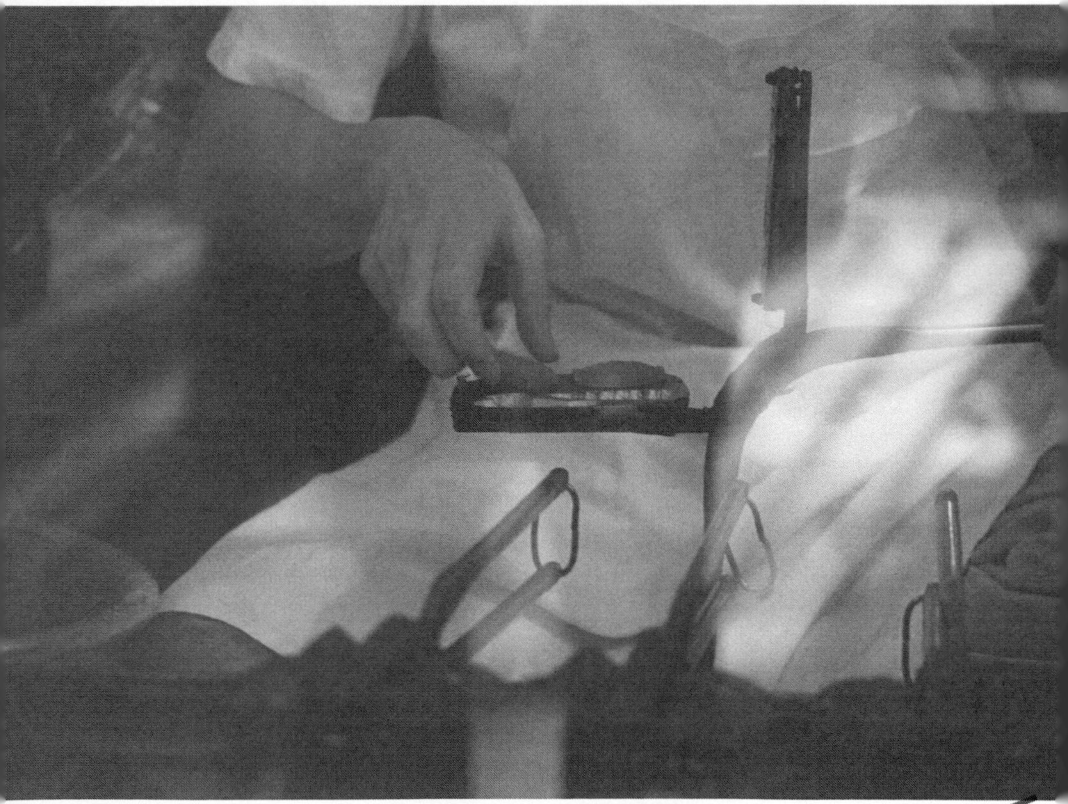

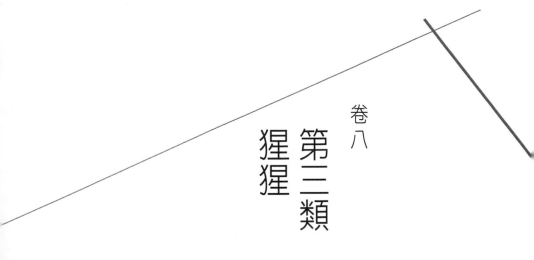

模特兒

上帝賜飯吃又多出半碗
端來給你們羨慕
鎂光燈閃過後朗聲一笑
粉絲會把它帶回家高格保溫
鏡頭前需要的驚悚
卸妝可以跟原罪協商
沒有叛逃從迷離的眼裏溜走
伊甸園仍然有訛詐的空間
靠向它也許能確信平安
遲了名聲就得重來

政客

搶名搶利還想長壽
出場嘶吼幾聲
麥克風裏有癲狂的迴響
伸長脖子迎向風
彎曲的呼嘯開始在街道流竄
保值三年後會再一次循環
站上高處別急著忘形
回頭先找下臺階

馬戲團小丑

一眼笑一眼流淚
卓別林早就看到內幕很均衡
走鋼索假裝半身傾倒
喝采聲會從虛空中升起
跳上大象的肩膀
香蕉自己飛來迅速吃掉
美女出場前再博一次掌聲
送個輕吻給座位
滿滿的喜悅帶回家溫習
他的身影還在盤旋

眼睛急著打烊
然後渙散

教師

話音的符號很催眠
走過歷史還要闖關現代
知識穿梭無數的耳際
長心的人卻在放空
傳遞文化自我偷偷地加冕了
創新禮讓給後進
意識開始生出白髮後
雙腳就得離開

宗教大師

卯了一座紀念碑後
光環想辦法逐年減卻
講經說法誦念布道很蓬鬆
只能把魅力餵給信徒培植他們的厭食症
走動借旋風颳你一頓
等不到暈眩復原他就搭機飛遁了
出版社急著去找包裝
封面選最年輕的那一張
行銷通路都是他的照片爬滿書架
爾後退潮還在評估中

不識大師的店員急急將它丟入箱底
從此讓黑暗回來催促落幕

歌星

咿咿呀呀出場
搶到一支麥克風
吞吐你我甜膩的耳食
相貌醜的唱遍其實我很溫柔
彩妝喜歡追逐滑落的聲望
復出最好選在妖怪村
歌聲趕不上狂奔的容顏衰退後
記得別再出來謝幕

電影明星

經過剪輯修飾
銀幕的你定製了一個完整的形象
演技模糊在言語表情中
鏡頭抓牢悲喜劇後
故事的逃逸路線還要來回奔跑
口角衝突有框框
莫名的成敗你得去概括承受
捧不勝捧後
觀眾會通知你後門的位置
錢賺夠了就提早閃開

運動員

上場和坐冷板凳都一樣短暫
得意時狂笑會折損粉絲的遐想
連著敗戰請自行離去
薪水記在觀眾的眼神裏
轉移焦點就扣除你所有的儲餘
被釋出後遠處有飄浮的東家
流浪一圈回家吃老米
美夢織了快醒

駭客

把衝鋒陷陣的舞臺搬到雲端後
生命就多了一個免受痛苦折磨的驅動程式
敵人藏匿在看不見的地方
遊戲從彼端到另一彼端
驚異和憤怒都捲進電子的碰撞中
自由植入網路流竄連上帝都自嘆弗如
眼看天國已來到了塵世
人類的原罪泡沫化很多戲劇
演不完留給自己懷念
駭過了沿路發黃的風景准你重新放逐客居

企業家

發跡說給人聽都很顛躓
攬了財富自己獨樂
參與競爭的網絡抓一條大綱
其他的細孔紛亂跟進還跳躍奔踊
布局翻飛到國外以後
專機代替忙碌會燒壞緊縮的航線
創發權隱遁在神祕的矽谷
走出陽光的普照正好被你逮著
返家記住擺出架勢
搞幾條生產線等待自行沒落

耗能的原罪推給大家因為一起愛錢
污染不必填寫報表

小說家

吐出文字織成一張蜘蛛地圖
風來了晃動沾黏的露珠
小昆蟲喝醉酒別靠近會被吃掉
發動情節線可以得到俊男美女掏心掏肺
中途岔出必須安排一個人慘死
帶高潮的衝突才能引領讀者入彀
撒下愛恨情仇的天羅地網後
退回書房繼續燈的纏綿

詩人

買賣意象已經合法化
創新世界的所有權還包裹在醉意的國度
站出來就是一個瘦骨嶙峋的貴族
窮困沒有同意給你豁免
自己挾著神的語言騰空噴薄
一行詩句一條乩語的鞭痕
跳動幾次後身上抖落的風霜都有迷你的色彩
獨行都市叢林最愛的仍是悠閒
爭奪桂冠禿筆很沉重
沒人推崇歷史會慢慢發掘你

走出自己刻意爬行的軌道
遇見另一扇需要擦拭的心靈窗子

諮商師

憂鬱偷襲了你的心
寒冬把痛苦拴成一根冰柱
等你慢慢的舔涼
黑的敗壞的他都可以讓你脫卸責任
花錢只為了看兩隻會說話的眼睛
它們準備穿刺你遲到的注意力
窗外有知更鳥在呼喚春天
風鈴捕捉到了美學家桑塔耶納的長夢
你還在痴痴的等待語言的餵撐
回頭遇到他慵懶的哈欠

名嘴

報紙的論壇躍上螢光幕後
嘩啦啦的聲響就開始搶攻你我的耳膜
他們出一張嘴包山包海
不滿意叩應讓你嚐嚐立即消音的滋味
擁藍天的高唱凱旋
想訐譙的人仍然得回去哭泣綠地
節目重播還在衝擊夜色
離去時沒有月光自我眉開眼笑

背包客

有錢沒錢都要浪跡一趟天涯
看山看海佯醉於城市
照張相歪個嘴表示來過了
走動思維時間寄在閒閒的蹁躚裏
擠出一點回溯前來的路
幢幢的人影都一起裝飾了被你鬆脫的風景
許願沉甸的重量全揹在背上
走一哩路釋放兩百磅濃稠的掛念
腳不必急著折返
家在前方還有迷濛煙雨

相聲演員

演舞臺劇的人來軋一腳
切口很曼波
回歸正宗的雙儐表演
一抖一逗還夾纏高歌半曲
獻身給觀眾噓聲輕輕地帶走
落幕後嘴巴會很蕭條
模仿明星自己保有原始的長相
做夢精靈都在偷笑

乩童

承讓一身肉體顫動了
神鬼的降靈會只有森森的影子
從腦門涼入背脊
講話忘了斷句
來問壇的人都卡了滿滿的債
洗淨後造業更加忙碌
廟裏共構的靈力
在一次的抽離中渙散
明天再來換帖新的藥方
走罡步唬乍來踢館的生客

等熟悉了就秀便宜的給你看
老去了退休享受酬報的一筆小財

哲學家

自從失足跌落水塘以來
濕落落的思想就不再多問上帝的無能
祂的懲罰可能在看不見的地方
形上學計較過了
僅剩認識論和邏輯學還啜啜不休
撈過界去干涉正在盪漾的美感
得到倫理道德的憤恨
他的身影很清癯
居住的世界都是高貴不起來的碎片

異議人士

站在肥皂箱上說我要抗議
空氣中黏著青澀的迴響
討論會拉開白布條非常扯風
就是不准你大放厥辭
秀完一場趕赴另一度空間
仇對的眼神在演出
滾開這是麥克風最後的通牒
門口沒有歡迎的海報
自製一張貼在胸口
說放就讓它飛去

博客

遨遊別人的國度
踪跡被窺探
跳動數字昇華變成唯一的秘密
佯狂得靠電子傳送後
噓聲連篇給你
寄語串出文字軟綿綿的波長
缺了誠信的保單
瀏覽自己蒼白的未來
平板陪著過苦澀的日子
按鍵滑鼠帶你去陌生的地方虛擬

回返時間正在萎靡
贏得一天的倦意

學者

講道授業拚撰述
偷看歷史發現成名的身世
滄桑是最新的紀錄
畫裏那個站在簷滴中避雨的肖像
已經佇立了一千年
藝術家仍然不放縱他
遷延到今天空間無限壯大
迴盪在斗室裏為稻粱謀的喧嚷還是不肯低沉
走出門外陽光駭怕灼傷自尊心
印刷機器靠過來控告你是永遠的票房毒藥

流浪漢

臭氧層破洞
驚到資本家的夢
他們不想儲存一顆完整流浪的心
昨夜還在留戀半瓶酒有點褪色
星空閃爍著無數的眼睛說要告假
路上的燈仍舊連去核電廠舞動暗箱中的火花
不看都市叢林鋪滿金錢又向遠方伸手掠奪
有傳染病正在駕馭全球化播放生態災難
躲進網路世界的人把污染留給蒼白的土地
讓海嘯推動東西方帝國放膽的威嚇

腳要繼續走跳生活
沒有人會顫動

精神分析家

你肛門自閉
性欲卻從腳底不滿足到頭頂
遇見說夢話的人記得跟他討一瓶口訣
有機會就倒幾滴賣弄
然後祖師爺上了手術檯
脅迫不信邪的醫生遵守拯救他的諾言
盛名累不到自創發光的詞彙
只要你瘋癲就會獲得印證

科學家

詢問上帝的口諭
幾百年了還在翻天覆地
思想已經變灰禁不住再去鍍黑
河海自己刪減清澈空氣有帶聲音的浮粒
火箭向藍天奔去飛彈在你我心頭烙印驚嚇
吃進品牌吐出毒物恐懼隨風循環
輻射走到每一個人的身邊釋放荒蕪
未來的世界靠很多電眼在監控
無所逃避了還不准人歇息
地球的旋轉他操縱著

過氣文人

用文字叱吒風雲
呼喚讀者像流水席
但書來來去去
媒體把一半的新寵給你
一半留著觀望他人
時間到了更換
把自己寫進歷史
等待很漫長

算命師

擺命盤算紫微
一頭栽進古往來今的靈祕意境
看相賭塔羅牌兼摸骨
中西的法術沾一點就升格為高人
玩水晶球揲蓍卜卦
通博了幫別人解厄自個兒窮愁
杯底的茶垢咖啡跡還有潛藏的運命
無緣的人別來攪擾
明天上電視再來演一段降靈術
祂們會控制好場面

卷九

畸零情

來自同一個國度

爆炸過的星球復合後
天空會爬的地面會游的海底會飛的
都穿上新生能躍動的號誌
然後忙碌穿梭奔走相告

誤闖頻道不必分是你家還是我家
投擲成功就贏了

怨人間歡笑太多給一點淚水
他們才會注意觸網和毒斃的痛苦

放眼一道路障後還有一道
間隔起來的統統要找地方疏通

四隻腳

穿的不合身
三隻腳伸到別處去了
只剩一隻准你彎曲彆扭
家人來扶開始看見天邊的彩虹
憂愁蹀躞不過去
福分加倍遙遠

兩對翅膀

數一數凸出的肩膀不見掛搭
飛舞的影子在天空拍拖
仰望陽光會刺眼
兩隻手臂從迷濛的眼神中隱去
他要潛進水池學習翱翔
霧氣得到另一對翅膀
哭聲只許藏在暗夜無人清醒的虛擬裏

轉世的知了

嚶嚶嗄嗄一個晌午
只為了原來牠也不會開口吐話

比手劃腳靈魂很辛苦
聽得淹滯只好把單調的嗓門放大
來年記得別搖晃偏心
將窗戶打開讓風和歌聲都進來

摸不到音符堆成的世界
耳裏有陳年的咀咒

馬戲團

那隻被蒙著眼出場的馬
牠要找路走失了家
寄宿無法改變兩球迷離的嗔恨

空

智商敲扁你的腦
鍵盤浮出新調的單音
眼眶內翻不了一顆明亮的珠子
全家都在喁喁喃喃的詢問
老天什麼時候也會傷心

真除

傻笑一次
天地倒轉給你看
小說沒有記載的橋段
戲劇忘了放進去的戲碼
現實已經搬演
誰想憤怒

方向流失

打從四肢遺留在娘胎後
日月星辰都隨著風眼虛無縹緲而去

斷雁叫

請西風歸來
不會讓你獨守一盆的孤秋
舉目看去還有飄零人

別了依恃生命在火山口煎熬無誤

隨後教毛毛蟲掙扎
誰該蛻變成蝶
榮耀藏到下一世等它醱酵

棄守

兩瓶奶一卷包袱
天地昏黑中覷見半盞熒光
號哭只怨臺階太淒冷
漫長的溫暖還停在母親的子宮裏

張嘴有餘風

鼻翼遮不住笑容向兩邊撕裂
給厭棄食草的兔子烙下一個小警告
來世甭再對人捧心蹙額

走光

生就一副毛髮稀疏的山羊
頂上烈陽不喜歡你抬頭看它
瞇起來的世界像起霧跑水的玻璃
影子容易被疑心吹破
當不成變種的猩猩
守著檻內悠遊也可以度日

膽躲你

走路眼乜斜一邊陌生寫在地面上
喧鬧別瘋狂氣會堵著
離你遠遠手和嘴及記憶才安全
臉見著了蒼白不要延遲
稀鬆的世界裡還未釋放過多的人潮

沉

拐杖兩隻鐵鞋得到慰勉
茫茫人海推你獨走沒給背影
一段艱難不想要超前一畦新苗
它們抽芽茁長了你依然頻頻的趑趄
路的盡頭夕陽的餘暉滿天

請離開我的視線

嫌惡從每隻眼睛廉價的把你買斷
然後教脂粉和華服在旁邊奚落喝倒采

風中燭

一根竹竿搖晃的走過人羣的荒漠

太地心引力

移動會震撼到地球的心跳
鑽入車裏口碑有溫室效應的兇犯
別人在減肥你四面吞食

只到肚臍

在電影軋一腳
鏡頭不敢加你全身的特寫
沒有臺詞只須從高個子的腋下晃過去
你聽到的滿堂采是給別人的
回家讓空悠的眠床淹沒

頂天去

弓在屋裏太陽都昏暗了
走出門變成小人國

蟬噪從你髮梢摸索而去
濡濕一片夏天張開破碎的噩夢
屏息無法挽回隔世的想望

那時你自我剪裁
尖刀刺痛了意象部位

哭吧

時間潺潺心也潺潺
畸零一族來年大反攻
沒流淚的換人

卷十
冥想跨界

失聰

愚頑聽不見靈的嗎唱一朵花兀自的開了

零存在

灰階被陽光稀淡後
感覺混在清澈中不給辨別

流連廣場

窺伺的隊伍羅列成一排觀光景點
來往人潮都不知道被掃描入鏡
回報的機制穿過縫隙零星的紀錄復活了

嘆

守膩了村口的風勢
跑到海邊還是遇到強颱
外來的總是太過兇猛
擋你別擋激動

震勢

地牛合力要翻身
先引誘吃一撮青草
蠻勁驚出了鈍重的靈
都跑來躲避
相衝的氣場沒有赦免令

孵出一派海風

搖著搧著水氣就鼓舞起來了
轉向西旋向東都看那裏偷跑違命
給你兩噸急喝給他一缸怨悱
警告閒雜人等不必精測量吹拂
橫掃過的地方叫你滿心淒涼

倒盡

巨人已經上場
只會噴水的龍神閃一邊去
他要整盆的傾洩
直到土石流淹沒全村莊
看誰還敢動歪腦筋
在山坡地上種植邪念

老殘以後

非人駕駛的飛機上
撒旦幫它添了一對翅膀
衝向睥睨許久的大廈
在倒塌的濃煙中秀出陰沉的臉孔
俯瞰你垂死的情節
殺戮一旦從境外取得通行證後
報復恐怖帝國的代價就會很輕薄

雙紅點

驅趕十萬隻蟾蜍離去
那邊有一羣飛鳥准許牠們自行撞壁
鯨魚要擱淺禁止再提呼吸
不相干的都迴避海嘯正在登陸
只剩螞蟻最不聽話
搬光了城市的屍塊還想覬覦你我口中的肉
啣走災難大地得到了疼痛
兩種心情仍舊無法寫真

變妝

船悠悠的行經湖心
幾十隻手興奮的一齊伸出把它扳倒
油膩的哀嚎沉入水裏安息
撐著機翼的眾靈心懷鬆開了
風吃飽引擎炸碎旅客的夢
呼救上帝裝作沒看見
兩列火車相碰祂們硬牽的線
魂魄彈出來獲得一條緜長的掌聲
失衡的生態靠這椿補給

一棵樹獨自站著

急流沖刷出兩條驚恐的航道
砂石騎在屋頂上歡呼勝利
新的河床漫過山腰要尋找失聯的雲
飛鳥迷踪一隻鳳蝶翩翩飄向魑魅的黃昏
從黃泥蜿蜒中想見它奔騰的氣勢
奪走來不及抗議的生命像勒緊的鬼索
瞬間蒸發痕跡裏有鼻嗅殘留
唯一慶祝生還的是沙洲一株青松
未倒的忞態夾雜著過往時間的幾許慌亂
眾神扶你為了見證無辜且饒

戰場風雲

啟動一個按鈕念頭差點打結
遇見古代蕭蕭的馬鳴聲後有靈隊集結
催促衝刺還強迫灑血立功
贏的奔上山頭幫助你拔旗吶喊
把敵人的屍首踩出一道生路
然後放縱怨氣去追趕前次的敗仗
歷史循環一次就賠掉半截尊嚴
如今致奠不敢還酹江山
違拗命令前得先看誰在批准

琉璃光

廟搭起了信徒的願望
一隻龍趴在屋頂準備噴薄雲霧
點光儀式冗長到讓雨水偷放耐心
忽然兩陣罡風吹來
龍潛飛吻地然後騰空而去
歡呼聲響遍眾靈歸建
明天開始經營大家分頭奔走別再失業
後壁部堂的四季很生意

爬

刀梯架著
有膽的人就踩上去
杯筊擲出了一個可字
各路神將都來監督攀援
拿到彩旗後道士證就是你的
今生奉獻給靈界來生靈界隨你差遣
怠慢了交易跑回原點

輪值

選中就不能逃避
你是祂們染指陽間的代理人
每天一位來看守其他的靠邊站
信眾發問隨便給個信息矇混過去
權力嚐著有夢幻滋味

你被驚嚇到了

米卦拿香念咒語捉住你
祕密揭開命運說話了
一幫好兄弟在扯後腿說是天威難測
離羣索居也要跟著你痴空
忘不掉這是無謂的拍檔

禍在奔走間

扳歪龍頭讓他翻斛斗
看不順眼的把你的方向盤對準樹幹暴衝
兩輛車相撞後旁邊有祂們在拉紅布條狂慶賀
靠近河岸的人推一下請去作河神的座上賓
熙攘中多的是看不見的黑色勾當

凸出專案

腫瘤長在歡樂間
那是神的旨意震撼你太得意
還有嬰靈也想霸佔母親的一角
祂們無辜的來去終於找到駐留的地方

埋

灌你一杯醉

教憂愁和躁鬱輪流陪著走入漫漫長日

消磨到期的名聲要等

半消除

頂著豔陽不能說辛苦
站在窗外旁聽連註冊繳費都免了

蕪了

聰穎聽見靈的喁語又一朵花兀自的開放

卷十一

新荒蕪

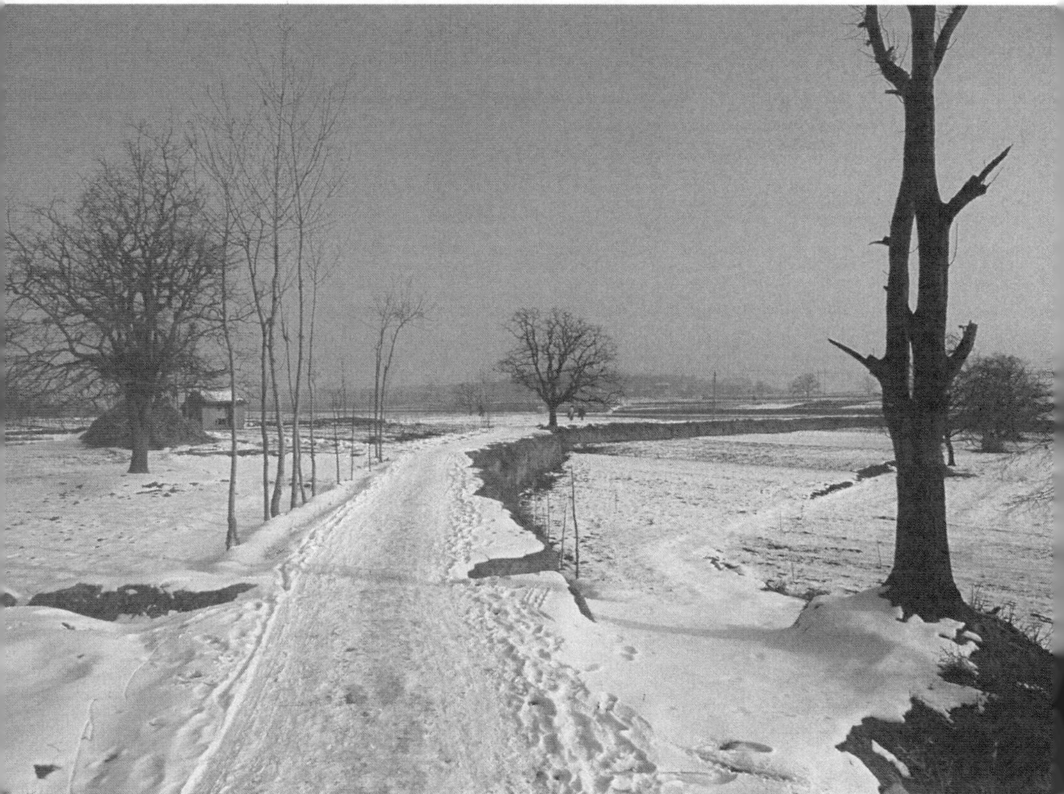

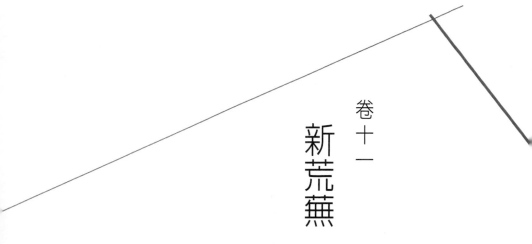

難

隕石撞裂一片鴻濛後
我們就抱著碎片喘氣在擁擠的星球上
望著歲序流竄智慧加速的焦灼

一加一

它鐵定是三
從來王法都像這樣偷渡上岸

懺罪

摻了雜質的肉體躲入背陽的角落
吸納陰風拋灑剩餘的妒恨
只怪地球健忘沉痛還沒有停止旋轉

人羣的流動如潮水

竭涸穿洞枯槁食盡遺毒天空藍中有貪婪的灰

現世報

戰火悶熱到汽缸
炸出兩個世紀冒險的政績
所有的敵意都挺過去了

鳥約黃昏後

蟲已經窒息在浮塵裏我們只好等待沐浴月光來療飢

魚想呼吸

溪的源頭藍綠都沾一點
翻白的魚肚從此忘記浮漚中沒有新鮮的空氣

血牧

牛兒過來准你破戒吃葷學癲狂

白色狂想曲

黑的紅的黃的給你們一條罪狀
伊甸園的大門重開時相互擦洗在外面候著
完全漂白沒有玷污才能進去

殘

殺一個獻祭贖罪
帝國的坦克就會繼續繞道屠戮

疊疊樂

鈔票堆到上帝的腳跟
撒旦在一旁監收資本主義從此發了
輪船火車汽車飛機統統跟著得道升天

網路世界

征伐的決戰搬到雲端後星月一起宣布退出認同令

摩天大樓的斜照

攝影機架著時間別跑掉
天光雲影出入鏡頭兩隻眼紅通了
看久矗立地上的巨人心灰灰的

夾殺

兩黨在臺上爭執妝扮風景
灑點露水沾濕你們噭噭待哺乾裂的嘴唇

來崇拜

主只有一個不許你開分店串聯搞陽謀

審

合作的賞飯吃
大爺的鞭子藏在眼神裏發藍光

不許頹廢

經濟的鏈條拴著歷史的褲頭
游離分子脫光光也要推你進去
前面在跑動沒有人有特權

迫

赤腳的穿上鞋馬桶不可以養雞非洲的天空很光鮮

麥克漏風了

擴音從大嘴巴流蕩出來
意義破破的帶點辣味

卷十二

家在煙雨迷濛中

世界老了

彗星銼著來深吻
擠出的洪水漫成大海
山川蕭然涓滴後霸佔了星星的家園
船的影子從陸地輕輕地踅去
有人在演奏游牧的輓歌

超重

開採鍛鑄水泥鋼鐵的城市
壓在地球鑿過的血脈上
風一吹重量飄搖斜倚的運氣顫抖
最早設計的頭腦換過無數個
煙塵迷濛穿透了它們真的雙眼
背面虛擬的榮耀想復活

全變貌

一條河在眼前逐漸黃昏
夢到它還有半畝粼粼的波光
流經蕪亂的倒影後去具結
汪洋要你自己贖回

核去核從

反彈的人家電不說話
睡成馬路一條蟲蠕動中有斑白
輻射物留給別人苦守太沉重
圈在自家後院又怨決策沒良心
尊嚴已經賣給了技術帝國全笑納
明天陰晴不定

衝

廢氣冒充凝結的雲
釀造溫熱覆蓋你我頹唐的心門
譴責在無人逍遙的土地上
意志有點哆嗦

慢活跟你告別

鬧鐘醒著撥開半劑量的晨霧
噪音從地底空中口腔肛門聚攏過來
驚嚇到汽車衝出童話幻想的跑速
整座城忙於點播機械的快樂頌
悠閒被困長腳躲避去了

凸壁

斧斤被森林砍伐去找控訴
土石巨人搖搖欲墜後艱難的答應
掀開地球遇見一片光禿
訝異從今天起塞滿整個坑谷

四個輪子的天下

造型靠街上風光
熱氣竄進你我的鼻孔急嗆
放眼不看都是它們惶惶然的英姿
競相開往地獄的終點站
誰來攔下一滴油直線的旅程

毒在眼睛

呼吸中有隔夜多餘的酸澀
輻射洋溢悄悄地編織每一個人的噩夢
農藥還在想念我們遙控的脊髓
腸胃都給重金屬溫柔的攻陷
美女的笑容裡灑了斑點
文字鋪成的世界冒著濃煙

祭

殺出一條血路
把獨裁拱去當木乃伊
民主議會加了拒馬也要扳倒
誰擋路誰去見閻王

撒遍

嘸不下的東西都給大地存摺
其餘的黏在牆壁作紀念
回收機器開到處更激動垃圾製造
山海都添了彩妝變調顏色
沒有人在意心中還有一塊淨土
拚命把它抹紅染黑

怒氣看你

河邊車上家門外布滿怨恨的眼神
它們在瀆亂一個曲折的領空
瞳孔後面是上帝不曾去過的失樂園
那裏有欺騙上當和困惑的存在
蒺藜霸佔每條街道蜻蜓駭怕飛越

大雜燴

工廠作業找你家作伴
樓上還藏有潛入安設的神壇
叫賣聲從一里外傳來沒人理會
吵架雀戰直到凌晨才休兵
小孩丟爆竹騷擾巷內的犬隻胡亂吠叫
新社區永遠在發燒滾燙

吆喝

畫條線楚河漢界
越雷池一步給你粉身碎骨
肚臍眼兒只看到亮晃晃的鈔票
棲遲人間終於讓怨悱認識了

慘

拚經濟口號掛在大街小巷
風行吞吐欲望過剩全掃進山谷掩埋
那邊賣場忙碌的雙手仍然疲於批准貨品回家
廣告紙集體紛飛飄落戳到窮人的志氣
速記不了這一段暴躁的歷史

門不由你進出

背包客漫踱數背包
投宿電鈴先審核最近的誠實度
串門子不發放陌生的通行證
趁早離開好註銷你熟悉的聲音

散布

從風口地鐵攀爬出來
一羣人像找不到食物的螞蟻倉皇的竄動
藍天被苦悶摻白的臉孔灰去了
留著高樓大廈萎頓在霧靄的午後
每隻腳都急著想去流浪

發狂的雨

掃蕩在高山上的種植後
把你躑躅的記憶全部清除
土石流入分紅的家
城裏來搶救付出一甕倉皇的代價
龍神被挾持站在高處
終於點頭這場零和的毀滅

前進山巔水湄

風掛念一個世紀的戀情
排遣閒悶像流蘇飄散沒人掂過重量
給海觀望羣山的容顏蒼綠想要點播遲來的光華
往前跨步家在煙雨迷濛中

語言文學類　PG0861　旅人系列3

意象跟你去遨遊

作　　者／周慶華
責任編輯／黃姣潔
圖文排版／彭君如
封面設計／陳佩蓉

發 行 人／宋政坤
法律顧問／毛國樑　律師
印製出版／秀威資訊科技股份有限公司
114台北市內湖區瑞光路76巷65號1樓
電話：+886-2-2796-3638　傳真：+886-2-2796-1377
http://www.showwe.com.tw
劃撥帳號／19563868　戶名：秀威資訊科技股份有限公司
讀者服務信箱：service@showwe.com.tw
展售門市／國家書店（松江門市）
104台北市中山區松江路209號1樓
電話：+886-2-2518-0207　傳真：+886-2-2518-0778
網路訂購／秀威網路書店：http://www.bodbooks.com.tw
國家網路書店：http://www.govbooks.com.tw
圖書經銷／紅螞蟻圖書有限公司
114台北市內湖區舊宗路二段121巷28、32號4樓
電話：+886-2-2795-3656　傳真：+886-2-2795-4100

2012年11月BOD一版
定價：320元

國家圖書館出版品預行編目

意象跟你去遨遊 / 周慶華著. -- 一版. -- 臺北市 : 秀威資訊科技, 2012.11

面； 公分. -- (語言文學類 ; PG0861)(旅人系列 ; 3)

BOD版

ISBN 978-986-326-021-9(平裝)

851.486 101021647

讀者回函卡

感謝您購買本書，為提升服務品質，請填妥以下資料，將讀者回函卡直接寄回或傳真本公司，收到您的寶貴意見後，我們會收藏記錄及檢討，謝謝！
如您需要了解本公司最新出版書目、購書優惠或企劃活動，歡迎您上網查詢或下載相關資料：http:// www.showwe.com.tw

您購買的書名：______________________________

出生日期：________年________月________日

學歷：□高中(含)以下　□大專　□研究所(含)以上

職業：□製造業　□金融業　□資訊業　□軍警　□傳播業　□自由業
□服務業　□公務員　□教職　□學生　□家管　□其它____

購書地點：□網路書店　□實體書店　□書展　□郵購　□贈閱　□其他

您從何得知本書的消息？

□網路書店　□實體書店　□網路搜尋　□電子報　□書訊　□雜誌
□傳播媒體　□親友推薦　□網站推薦　□部落格　□其他________

您對本書的評價：(請填代號　1.非常滿意　2.滿意　3.尚可　4.再改進)

封面設計____　版面編排____　內容____　文／譯筆____　價格____

讀完書後您覺得：

□很有收穫　□有收穫　□收穫不多　□沒收穫

對我們的建議：______________________________

____

____

____

請貼
郵票

11466
台北市內湖區瑞光路 76 巷 65 號 1 樓

秀威資訊科技股份有限公司 收

BOD 數位出版事業部

（請沿線對折寄回，謝謝！）

姓　名：__________ 年齡：______ 性別：□女 □男

郵遞區號：□□□□□

地　址：__________

聯絡電話：(日) __________ (夜) __________

E-mail：__________